昂首

Tessa Stands Tall

向前的特莎

正义 | Justice

［澳］肯·斯皮尔曼 / 著　　［新加坡］陈俊强 / 绘　　彭安琪 / 译

四川科学技术出版社

第一章

前一天晚上，特莎就已经收拾好了参加校园游泳联赛用的背包。现在，她又将背包打开，把东西一样一样码放在床上。

她感觉自己状态很好，但是心里七上八下的，总担心漏掉什么重要物品。

"备用泳镜带了吗？"当他们在车上坐定时，妈妈问道，"别忘了要带两条泳巾。"

"我认真检查了两遍，"特莎对她说，"还对照了我为全国锦标赛准备的物品清单。"

妈妈发动了汽车，特莎的思绪回到了四周前的锦标赛。她最得意的成绩是一路打进了 50 米仰泳的决赛。

校园联赛难度更低，但是特莎知道有一

个女孩会是她夺冠的阻碍。希达是别的学校
的游泳队员，但是她们俩已经认识一段时间
了。她们在同一个私人教练那里受训。在全
国锦标赛的仰泳决赛中，希达险胜特莎。

　　今天，特莎希望一雪前耻，为她的学校
赢得这项比赛。

热身后，特莎在游泳池旁边坐下来。在她身边，队友们都在放松肌肉、相互交谈。庞教练夹着写字板在队员当中来回走动。

　　观众席上的同学们在看台上大声叫喊。

游泳池的一端，一位赛事工作人员正在测试电子发令枪。

"嘟！"

枪声响起。

"嘟！"

特莎很熟悉这个声音，但身体还是不由自主地打了个激灵。

　　特莎在选手中寻找着希达的身影。当她看见希达时，友好地朝她挥了挥手。

　　希达咧嘴一笑，也向她挥手致意。

　　就在那时，特莎又听见了"嘟"声！她抬头，看到发令枪纹丝不动地躺在桌上。

"嘟！"又是一声。特莎确定声音来自出发台附近的看台上。她抬头寻找。

似乎是几个男孩在恶作剧。其中一个对着假想的枪支喷了口气。

"嘟！"

特莎吃了一惊。这个男孩用嘴模仿的声音太像了！

她的身体再次感到一阵兴奋和紧张的震颤。这一天终于到了。她的同学们都知道她对于仰泳冠军志在必得——她必须要赢！

第二章

比赛开始了，看台上欢声雷动。

特莎之前看到的那群男孩还在胡闹着。尽管周围欢呼声很大，特莎依然能听见领头的男孩发出一声倒彩。在他周围，男孩、女孩们笑得乐不可支。

特莎的第一场比赛是 50 米蝶泳。

她不喜欢蝶泳，但是仍努力拼搏，最终取得了第三名。特莎对自己的成绩感到满意，也很高兴为学校争取到一些分数。但她最想赢得的还是仰泳比赛。

蝶泳比赛结束后,庞教练过来恭喜特莎。

"如果允许我们让学生参加两项以上比赛的话,"他说,"我也会邀请你参加自由泳!"

"没关系。"特莎对他说,"我们训练班里的一个队友可以轻易赢下那场比赛,但是我觉得我或许能在仰泳上击败她。"

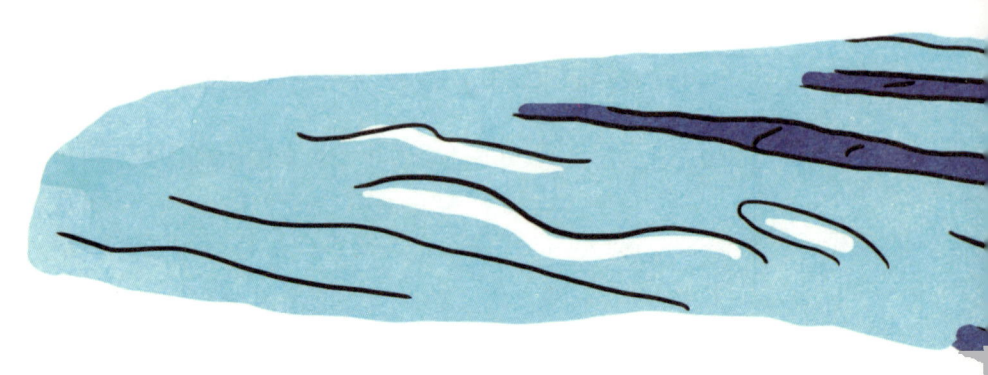

　　庞教练回头去给其他队员打气时，特莎拉上了她的运动外套，试图放空自己。在全国锦标赛的时候，她戴上耳机听音乐放松，但是庞教练说校园联赛不允许携带这些东西。

　　特莎的注意力又转移到看台上。一方面，她有点儿想当看台上的观众，尽情玩乐，为自己的学校加油助威；另一方面，她又觉得在游泳池边，置身于比赛中的感觉很棒。

比赛正在紧张地进行着。

计分板显示各个学校的得分相差很小，任何一所学校都可能获胜。

特莎认真地观看着希达的自由泳比赛，看到她一马当先，力压群芳，夺得冠军。

"她真厉害！"特莎想，"而且她人也很好。但是我好想赢啊！"

第三章

仰泳比赛即将开始。在等候区，特莎开玩笑地朝希达晃动着她的拳头，大喊道："你输定了。"

希达报之一笑。

几分钟后，她们都在出发台后就位。特莎想象着自己飞速跃入泳道中间，头朝上，双腿掀起一个漩涡。

　　一声哨响。女孩们走上前，跳入水中，
做好出发姿势。嘈杂的看台安静了下来。

　　"各就各位……"发令员喊道。

　　"嘟！"

　　反蹬池壁的时候，特莎的腿稍微滑了一
下。特莎甩动身体拼命向前游去。她已经搞
砸了出发，必须在后面的比赛中加倍努力才
能弥补差距。

　　贴近水面的时候，特莎听到一声巨响，随之又是一声。

　　这是抢跳枪。希达和其他选手也听到了，在各自的泳道上停了下来。抢跑绳被触发了，覆盖了所有的泳道。一些女孩在被抢跑绳绊住的时候才停下来。

　　在开局不利的情况下，特莎暗自庆幸又有机会重新开始。

选手们爬出游泳池，裁判把她们召集到一起。

"对不起，姑娘们，发令枪实际上并没有响，是其他声音干扰了比赛。但是这次比赛遵循的是'一次抢跳'规则。从现在开始，任何选手如果抢跳将被取消资格。比赛会继续进行，比赛结束时，抢跳选手将会被告知此事。"

特莎想到了看台上的那群男孩。他们一直吵吵闹闹，兴致勃勃地搞着鬼花样。

她确定干扰的声音就是其中一个男孩发出的——很可能就是赛前模仿发令枪声的那个男孩。

但是没有更多时间考虑这个了。哨声一响，特莎又跳入了池中。

双腿稳稳地扎在壁上，这次绝对不能打滑，她心想。

　　"各就各位……"

　　"嘟！"

特莎从来没有游得这么淋漓尽致。

即便如此，在触壁的时候她还是落后于希达。第二名还不错——但这不是她一心想要的。她失望地低头穿过分道绳，给她的朋友一个拥抱。

"总有一天我会打败你的。"特莎开玩笑地说。

她们从游泳池里爬出来时，一名裁判走近希达。

　　"很抱歉地通知你，你在比赛开始前抢跳了。由于已经有过一次抢跳，我们必须取消你的比赛资格。"

　　希达顿时目瞪口呆。

　　"很不幸，"裁判对她说，"但是规则就是这样。"

　　特莎用手搂住希达的肩膀。

　　"还是你赢了。"希达说。

　　确实是这样，但是特莎并不开心。

　　内心深处，特莎知道自己败得名副其实。

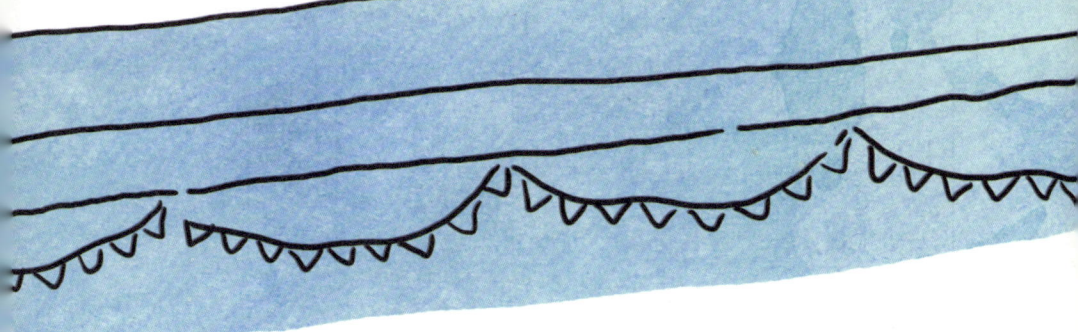

第四章

宣布仰泳比赛结果的时候，特莎和她的队友坐在一起。

队友们欢呼雀跃，有的还跟她击掌庆贺。

庞教练很忙，但还是给特莎竖起了大拇指。

侥幸夺冠的感觉很奇怪，也令人不安。

她感到一阵愤怒。是不是人群中某个自作聪明的家伙引发了这个不公正的结果呢?特莎想,是的。

她走向庞教练:"对不起,打扰一下。"

"我现在很忙,特莎。能否等下再说?"

"嗯……这件事情真的有点儿紧急。"

庞教练弯下身体,侧耳倾听。

"在仰泳中击败我的女孩不应该被取消资格。第一遍我们都抢跳了,是因为看台上有人发出了类似于发令枪的声音。这并不是她的错。"

"但是在第二轮起跳的时候她犯规了,对吗?"

特莎点了点头。"但是那应该是第一次

抢跳——我们应该再比一轮。"

"嗯，已经太迟了。"庞教练说。

特莎转身离开，但是想了想，她又停了下来。

　　"庞教练，如果您跟发令员或者裁判谈一谈，也许我们能再比一次。"

　　"知道你这么勇敢、正直我很惊喜，特莎，但是……"

　　"拜托了——"

庞教练考虑了一下。"好吧，我去试一试。"

　　庞教练让另一位老师负责看好队伍，然后走到裁判面前。特莎看到他挥手指向吵嚷的看台。

　　裁判面无表情地听着。最终他摇了摇头说了什么，谈话就结束了。

　　庞教练走回队伍的时候，裁判跟发令员
交谈了一下。很快，特莎就听到一则通知：
"大家请注意。在女子仰泳比赛中，第六泳
道选手因抢跳而被取消资格。但是，经赛会
评审决定，恢复第六道比赛成绩，该项目第
一、二名得分平均计算。女子仰泳比赛两位
选手并列第一。"

　　特莎的队友们似乎不明白通知的意思。

看台上的嘈杂声又逐渐升高。比赛继续进行。

　　各个学校的比分十分接近！

　　所有比赛结束后，庞教练低声对特莎

说："我为你骄傲。而且，即使我们以一分

之差失去了冠军奖杯，我还是会为你骄傲。"

　　终于，广播员宣布了最终比分。

　　特莎的学校获胜了！一首名为《我们是冠军》的歌曲在比赛场地上空回旋，声音低沉而响亮。看台上的同学们也加入了合唱。特莎和她的队友们高兴地拥抱起来。

特莎正要离开游泳馆，希达拉住了她的衣袖。

　　"刚刚的事情我都听说了。"希达说，"但是你确实赢了那场仰泳比赛。我应该被取消资格，因为第二次起跳的时候我不够仔细。我很紧张——我担心自己赢不了你。"

特莎直直地看着她。"老实说，我希望能重赛一次，那样才公平。如果那样我也赢了比赛，我才觉得自己实至名归。但是平手也不错……下次我会打败你的！"

"训练时见。"希达笑道，"但是别忘了，无论你说什么，你都是今天的冠军。"

希达转身重新加入她的队伍。

特莎从小到大第一次真正体会到了——冠军的滋味。

大家一起来讨论

1. 在故事开始时，特莎"心里七上八下"，那是什么意思？你是否有过这种感受？

2. 写下或者谈论一项你取得的令自己感到骄傲的成绩。为什么你对这项成绩感到格外骄傲？

3. 特莎和希达是一同训练的学员。她们都参加了仰泳比赛，并且都想获胜。如果你是特莎，你会有什么感受？为什么？

4. 当特莎在仰泳比赛中因为腿打滑搞砸了出发时，你认为她是什么感受？

5. 当特莎贴近水面，两次听到抢跑枪的时候，她是什么感受？你为什么这么认为？

6. "内心深处，特莎知道自己败得名副其实。"败得"名副其实"是什么意思？

7. 举出两个原因，说明为什么特莎觉得自己是侥幸夺冠。

8. 为什么特莎认为取消希达的仰泳比赛资格是不公平的？为了她的朋友，她做了什么来"伸张正义"？

9. 在赛会评审后，希达被恢复了比赛成绩，与特莎并列第一。尽管这对特莎而言似乎更公平，为什么她还是宁愿重赛呢？

10. 故事结束的时候，是什么使特莎真正体会到冠军的滋味？